图书在版编目（CIP）数据

没有比脚更长的路,没有比人更高的山:汪国真诗歌自选集/汪国真著.—济南:山东文艺出版社,2020.6
ISBN 978-7-5329-6094-1

Ⅰ.①没… Ⅱ.①汪… Ⅲ.①诗集—中国—当代 Ⅳ.①I227

中国版本图书馆CIP数据核字(2020)第036586号

没有比脚更长的路,没有比人更高的山

汪国真诗歌自选集

汪国真 著

主管单位	山东出版传媒股份有限公司
出版发行	山东文艺出版社
社　　址	山东省济南市英雄山路189号
邮　　编	250002
网　　址	www.sdwypress.com

读者服务 0531-82098776(总编室)
　　　　　 0531-82098775(市场营销部)
电子邮箱 sdwy@sdpress.com.cn

印　　刷	山东德州新华印务有限责任公司
开　　本	889毫米×1194毫米　1/32
印　　张	6
字　　数	100千
版　　次	2020年6月第1版
印　　次	2020年7月第2次印刷
书　　号	ISBN 978-7-5329-6094-1
定　　价	29.80元

版权专有,侵权必究。如有图书质量问题,请与出版社联系调换。

我也　　全都珍藏

对于我们来说

记忆是飘不落的日子

——永远不会发黄

相聚的时候　　总是很短

期待的时间　　总是很长

岁月的溪水边

捡拾起多少闪亮的诗行

如果你要想念我

就望一望天上那

闪烁的繁星

有我寻觅你的

　　　　目——光

汪玉华

2020 年 2 月 25 日

可以用在纪念诗集里，得到这个肯定，我兴奋得像个孩子。我完成了零的突破，大家都觉得太神奇了，似有神力在相助，我想这神力就是亲情。

我的努力成功了！在此，特别感谢实验中学校友会给我的机会，感谢著名旅美画家曹小山老师的无私奉献！

在我看来，最好的纪念就是传承。感谢中央广播电视总台、山东文艺出版社以及各界朋友传诵汪国真的诗歌。众人拾柴火焰高。希望这本与众不同的诗歌自选集能给予广大读者"永恒的快乐"！

附汪国真诗《思念》

我叮咛你的
你说　不会遗忘
你告诉我的

汪玉华 绘

又热了起来。

2019年春节期间，我哥的好友李梦涛女士和一位出版社领导来给我拜年。他们怀着极大的热情，希望在汪国真离世五周年之际出版《汪国真诗歌自选集》，选出我哥自己最喜欢的六十七首诗作，由好友黄建明先生提供我哥的照片。

2020年我哥就离开我们五周年了，我一直想用一种特别的方式留个纪念。恰巧2019年5月我和我哥的母校北京师范大学附属实验中学的校友会组织了一个色粉画绘画班，教授肖像画，我报名去学习。当时我就突发奇想：如果我的进步足够快，就为我哥画一幅肖像画，放在即将出版的纪念诗集里。

抱着这个希望，我做了七个月的努力，画了数十张不同人物的肖像画练习。终于，12月22日我完成的我哥的肖像画得到了我的母亲及我哥的画家朋友、生前好友的认可。出版社方面表示

天的现场群情激昂，所有人看到了登山运动员披荆斩棘的豪迈，而我看到了你执着向前的倔强。

我最大的惊喜来自著名教授康震的点评。康老师说："如果一个诗人写诗表达的是绝大多数人的心声，我们会说他是人民的诗人，我觉得汪国真就是这样的人民的诗人。今天我们纪念他、怀念他，未尝不是在怀念我们自己的青春。歌唱汪国真老师的诗，未尝不是在传承中国的古典文化，未尝不是在向中国的古典诗歌致敬。"虽然我们和康震老师从不相识，但他是我们的知音，他说出了我们的心里话。是的，汪国真一直在真诚地为广大读者创作，他的追求就是让正能量的诗歌在人民的心中生根、开花。汪国真不仅是我的胞兄，他还是新中国培养的优秀中华儿女之一，他的诗属于人民，他是人民的诗人！

《山高路远》在《经典咏流传》的舞台上唱响后，影响力迅速传播，"汪国真"的名字顿时

2013年出版了《诗情于此终结：汉英对照汪国真诗选》。2009年，文化部下属机构组织了"唱响古诗词——汪国真作品音乐会"。这么多年，我哥真诚地创作，读者真诚地回应，有了这种真诚的相遇相知，我想，我哥已经拥有了"无憾的人生"。

　　《山高路远》是许多读者喜爱的一首诗，蒋隆国教授把这首诗放在他的译著的开篇，许多人（尤其是主持人）喜欢诵读这首诗。经过反复考虑，我向导演推荐了《山高路远》。

　　2019年1月28日，小年。《经典咏流传》第二季第一期上，谭维维豪放地唱出了《山高路远》，演唱背景是1975年中国女登山运动员潘多从北坡登上珠穆朗玛峰。作为世界上第一个从北坡登上珠峰的女性，潘多为祖国赢得了荣誉，生动地诠释了汪国真的名诗："没有比脚更长的路，没有比人更高的山。"我想对哥说，在那一

去想未来是平坦还是泥泞",不管风吹浪打,他只选择"热爱生命"。

1993年,我哥开始练习书法。2000年前后,他又开始学习谱曲。虽然批评之声并未完全消失,但这丝毫没有影响他坚定地向着自己既定的目标勇往直前。1997年,北京零点调查公司在北京、上海、广州、厦门、重庆等城市针对十八岁以上居民进行"人们所欣赏的当代中国诗人"的调查,结果显示,在1949年后出生的诗人当中汪国真名列第一。2000年,我哥的五篇散文被选入语文课本。看着哥的创作和心态越来越成熟,越来越有境界,我常常想起毛主席的诗:"踏遍青山人未老,风景这边独好。"

从闫导的谈话中,我很高兴地了解到,喜爱汪国真诗歌的读者一直都在。出生于1936年的清华大学英语教授蒋隆国老先生,因为多年钟爱汪国真的诗,选出了其中的八十首译成英文,于

真年"。我当时在心底对哥念着毛主席的一句诗："待到山花烂漫时，她在丛中笑。"我知道我哥是怎么迎来他的"山花烂漫"，怎么成为"一匹黑马"的。坚韧和勤奋，就是他的法宝。

1991年年中，突然起了变化。有一篇报纸文章批评汪国真诗歌肤浅，有拼凑之嫌。多家报纸转载了那篇文章。事实上，那篇文章中批评的诗，并不是我哥的诗作。但他还没来得及解释，批评、谩骂、攻击已经一哄而上。回顾那段历史，我的感觉与报纸文章标题不谋而合——"汪国真的悲哀"。所幸，有真诚的读者在支持我哥。今天，我要对他们说声"谢谢"，谢谢他们陪伴我哥经受了心理上、创作上的严峻考验。他们一定知道，在那些日子里，汪国真的表情是凝重的，满脸的委屈、痛苦和无奈。最后，我哥用"有则改之"的心态对待批评，决定专注于做最优秀的自己。他"不去想身后会不会袭来寒风冷雨"，"不

么说'没有比人更高的山'?"他平静地回答我说:"路是人走出来的,因此没有比脚更长的路;人登上了世界最高峰——珠穆朗玛峰,因此,没有比人更高的山。"我顿时想起了中国登山队登顶珠峰的事,于是一笑:"嘿,你还挺会想的,是那么回事。"1984年,《年轻人》杂志发表了他的《我微笑着走向生活》。1986年,《诗刊》发表了他的《让星星把我们照亮》等。1987年,《中国作家》发表了他的《山高路远》。1988年,他的成名作《热爱生命》在《追求》杂志发表,并被《读者文摘》在刊首转发。这些作品的影响力迅速扩散,越来越多的人知道了"汪国真"这个名字,甚至开始寻找、手抄、传诵他的作品。许多年轻读者渴望得到他的诗集。终于,1990年,他的第一部诗集《汪国真抒情诗选——年轻的潮》出版,之后不断加印、再版。据说,那一年开始了"汪国真热",甚至有人把那一年称作"汪国

到这个消息我非常高兴。2017年11月20日下午，导演闫雨丝和梁霄与我交谈了两个多小时。直到今天，那番畅谈仍清晰如昨。闫导问我："汪国真老师在面对困难、身处逆境时是怎么做的？"这个问题一下把我拉回到过去，我仿佛看到了哥平静的面容，略带忧郁的眼神。

1984年，我哥开始写诗。最初当然是不顺利的，甚至是困难的，他经受过90%的退稿率。但他不气馁，不断地学习、研究、总结、提高，创作了大量的作品，然后择优投稿，这就是他自己所说的"觅知音时期"。在那段时间，我和父亲常常是他诗作的第一读者。1985年的一天，哥给我看一首诗——《山高路远》。最后两句是："没有比脚更长的路，没有比人更高的山。"我一时没明白，觉得从物理学的角度看这话有问题。我问哥："脚这么短，路那么长，为什么说'没有比脚更长的路'？人这么矮，山那么高，为什

我寻觅你的目光——怀念胞兄汪国真

时光飞逝,我们在时光的隧道里向天堂行走。

"国真,你走得那么快,到天边变成了星星,给我们留下了无尽的遗憾。……"

"国真,今天的星星真多,你在哪儿呢?你看见我了吗?我就站在咱们院子里,向你招手呢。我跟你说:今天……"

哥离开我的四年中,我常常这样在星空下与他聊天。夜深人静的时候,或者清晨醒来的时候,想他,有时任凭泪水默默流向枕边……沉静一会儿之后,我会收拾好心情,满怀憧憬地投入新一天的生活和工作。

四年来,我和亲人们、朋友们一直都在以不同的方式怀念他、纪念他,他一直活在我们的心里,不曾离开,如同那"闪烁的繁星"!

一天,我接到《经典咏流传》栏目组的来电,他们表示有意向选择汪国真老师的作品播出。听

既然选择了远方便只顾风雨兼程

乙丑 汪国兵书

后记

落日山河

我站在一片秋瑟里

看落日山河

山峰巍巍如诗

江河滔滔如歌

更有无数英雄豪杰

用情怀和热血

把山河染成火的颜色

镀成金的光泽

百川归海

万仞齐指蓝天

何等气魄　何等规模

太阳落　山河不落

那是一个民族

脊梁挺立着　血液奔流着

太阳落　山河不落

《落日山河》收录于《1994·汪国真抒情诗选》（时代文艺出版社，1994年），入选《新课程小学语文读本　四年级　上册》（山东教育出版社，2005年）。

秋

秋天常常令人伤怀
因为那里有一份生命的无奈
萧瑟更加重了这种气氛
思潮不由在落叶中徘徊

自古有多少寂寞的人伤秋
望河水飘枯叶一年又一年
自古有多少伤秋的人寂寞
看天空飞疾鸟一载复一载

我说，秋是有一种悲
可那是悲壮　不是悲哀
我说，秋是有一阵风
可那不仅有风沙　更有风采

秋是有一阵风

可那不仅有风沙　更有风采

《秋》初次发表于1993年第23期《辽宁青年》,收录于《1994·汪国真抒情诗选》(时代文艺出版社,1994年),入选《新课程小学语文读本 四年级 上册》(山东教育出版社,2005年)。

故乡的雨
不是水是蜜

穿过茂密的竹林
跨过清澈的小溪
走过两座小石桥
哟,到了
我一头扑进故乡
怀抱里

站在小屋门口
又一次打量自己
衣服全湿透
脚上一腿泥
但我还是舒心地笑了

故乡的雨
淋在身子上
落进心坎里
<u>丝丝</u>都是温柔
滴滴都是甜蜜

故乡的雨

刚一走出故乡的小站
便碰上了下雨
挟着山林的清爽
带着故乡的气息
我没有犹豫
我没想躲避
一头扎进雨幕里

哦,故乡的雨
就象故乡的孩子一样顽皮
时而骤　时而稀
时而疏　时而密
深深吸一口凉爽的空气
我加快步伐
向故乡的山林走去

山道弯弯
小径曲曲
蹲下来
挽挽裤腿
把松了的鞋带
再系一系
雨浇透了鞋面
雨淋进了脖里

哦,好雨
春天的雨
不是忧是喜

故乡的雨
不是水是蜜

《故乡的雨》收录于《年轻的季节》(中国人民大学出版社,1991年),入选《新课程小学语文读本 五年级 上册》(山东教育出版社,2005年)。

过去

过去
是什么

过去是路
留下蹒跚的脚步无数

过去是雾
近的迷蒙 远的清楚

过去是湖
回忆,是掠过湖面的白鹭

过去是路
留下蹒跚的脚步无数

《过去》收录于《汪国真抒情诗选——年轻的潮》(学苑出版社,1990年)。

祝愿——写给友人生日

因为你的降临
这一天
成了一个美丽的日子
从此世界
便多了一抹诱人的色彩
而我记忆的画屏上
更添了许多
美好的怀念　似锦如织

我亲爱的朋友
请接受我深深的祝愿
愿所有的欢乐都陪伴着你
仰首是春　俯首是秋
愿所有的幸福都追随着你
月圆是画　月缺是诗

愿所有的幸福都追随着你

月圆是画　月缺是诗

《祝愿——写给友人生日》收录于《汪国真抒情诗选——年轻的潮》(学苑出版社,1990年)。

背影

背影
总是很简单
简单
是一种风景

背影
总是很年轻
年轻
是一种清明

背影
总是很含蓄
含蓄
是一种魅力

背影
总是很孤零
孤零
更让人记得清

简单
是一种风景

《背影》收录于《年轻的思绪——汪国真抒情诗抄》(文化艺术出版社,1990年)。

给父亲

你的期待深深
我的步履匆匆
我知道
即使步履匆匆
前面也还有
太多的荆棘
太远的路程

涉过一道河
还有一条江
翻过一座山
又有一架岭
或许
我就是这跋涉的命
目标永远无止境
有止境的是人生

目标永远无止境
有止境的是人生

《给父亲》收录于《年轻的思绪——汪国真抒情诗抄》(文化艺术出版社,1990年),入选《新课程小学语文读本 四年级 上册》(山东教育出版社,2005年)。

黄昏偶拾

黄昏弥漫着朦胧
等待月儿入梦
在湖边　捡起石子
打出一串水漂
不是为了无聊
而是因为感动

只有水　才能总是
让我们情不自禁地低头
当我们低下头来
便有一种
清纯和丰沛的感觉
悄悄　注入心中

只有水　才能总是
让我们情不自禁地低头

《黄昏偶拾》初次发表于1990年第6期《北京文学》，收录于《汪国真抒情诗选——年轻的潮》（学苑出版社，1990年）。

含笑的波浪

我不想追波
也不想逐浪
我知道
这样的追逐
永远也赶不上

我只管
走自己的路
我就是
——含笑的波浪

我只管
走自己的路

《含笑的波浪》初次发表于1990年第3期《绿风》,收录于《汪国真抒情诗选——年轻的潮》(学苑出版社,1990年)。

海岸

你总是和很多
最美丽的向往连在一起
连在一起
就像白天的我们
和梦中的自己

这该是怎样的一种绮丽
在一个旭日喷薄的清晨
徜徉在微风吹拂的沙滩上
倾听海洋蔚蓝色的呼吸

面对大海
面对无数流逝了的世纪
不知不觉　心的四周
轰然坍塌了
忧郁垒砌成的墙壁

轰然坍塌了
忧郁垒砌成的墙壁

《海岸》初次发表于1990年8月22日《人民日报》,收录于《汪国真抒情诗选——年轻的潮》(学苑出版社,1990年)。

真想

真想为你做点什么
因为　我总觉得所欠太多
你仿佛是结满浓荫的枝柯
遮蔽着我　一个疲惫的跋涉者

真想回报你以温暖
我却不是太阳
真想回报你以雨水
我又不是云朵

真想了却的心愿不能了却
这不只是遗憾　也是折磨

真想回报你以温暖
我却不是太阳

《真想》创作于1990年4月,初次发表于1990年第7期《女友》,收录于《汪国真抒情诗选——年轻的潮》(学苑出版社,1990年)。

旅行

凡是遥远的地方
对我们都有一种诱惑
不是诱惑于美丽
就是诱惑于传说

即便远方的风景
并不尽如人意
我们也无需在乎
因为这实在是一个
迷人的错

到远方去　到远方去
熟悉的地方没有景色

熟悉的地方没有景色

《旅行》初次发表于1990年3月17日《中国青年报》,收录于《汪国真抒情诗选——年轻的潮》(学苑出版社,1990年)。

人不长大多好

人不长大多好
就可以用铁钩
滚月亮
就可以蹲在地上
弹星星
就可以把背心一甩
逛银河

人不长大多好
哪怕有茶叶一样香的朋友
哪怕有美酒一样醇的恋人
哪怕有野草莓一样鲜红的事业
人长大了
烦恼总是比快乐多

人长大了
烦恼总是比快乐多

《人不长大多好》初次发表于1989年第11—12期《诗人》,收录于《汪国真抒情诗选——年轻的潮》(学苑出版社,1990年)。

跨越自己

我们可以欺瞒别人
却无法欺瞒自己
当我们走向枝繁叶茂的五月
青春就不再是一个谜

向上的路
总是坎坷又崎岖
要永远保持最初的浪漫
真是不容易

有人悲哀
有人欣喜
当我们跨越了一座高山
也就跨越了一个真实的自己

当我们跨越了一座高山
也就跨越了一个真实的自己

《跨越自己》初次发表于 1989 年 6 月 13 日《北京日报》，收录于《汪国真抒情诗选——年轻的潮》（学苑出版社，1990 年）。

即便成功使我们声名远扬

即便有一天
成功使我们声名远扬
我们又怎能忘却
心中的梦想
怎能忘却　昨夜窗前
那簇无语的丁香

大路走尽　还有小路
只要不停地走
就有数不尽的风光
属于鲜花　微笑　和酒杯
怎比得属于原野　清风　和海洋

只要不停地走
就有数不尽的风光

《即便成功使我们声名远扬》初次发表于1989年第3期《炎黄子孙》，收录于《汪国真抒情诗选——年轻的潮》(学苑出版社，1990年)。

送别

送你的时候

正是深秋

我的心像那秋树

无奈飘洒一地

只把寂寞挂在枝头

你的身影是帆

我的目光是河流

多少次

想挽留你

终不能够

因为人世间

难得的是友情

宝贵的是自由

你的身影是帆
我的目光是河流

《送别》创作于 1989 年 1 月 13 日,初次发表于 1989 年 2 月 18 日《中国青年报》,收录于《年轻的思绪——汪国真抒情诗抄》(文化艺术出版社,1990 年)。

美好的情感

总是从最普通的人们那里
我们得到了最美好的情感
风把飘落的日子吹远
只留下记忆在梦中轻眠

善良,不是夜色里的松明
却总能把前途照亮　热血点燃
真诚,不是春光里的花朵
却总能指示希望　把憧憬编织成花篮

往事总是很淡很淡
如缕如烟
却又令人　难以忘怀
感激总是很深很深
如海如山
却又让人　哑口无言

往事总是很淡很淡
感激总是很深很深

《美好的情感》创作于1988年5月24日,初次发表于1988年第5期《追求》,收录于《年轻的思绪——汪国真抒情诗抄》(文化艺术出版社,1990年)。

那凋零的是花

你的生命正值春光
为什么　我却看到了霜叶的容颜
只因为那面美丽的镜子
打碎了
你的眷恋深深
在梦幻旁　久久盘桓

既然伸出双手
也捧不起水中的月亮
那么让昨日成为回忆
也成为纪念

人生并非只有一处
缤纷烂漫
那凋零的是花
——不是春天

那凋零的是花
——不是春天

《那凋零的是花》创作于1988年5月15日,
初次发表于1988年第5期《追求》,收录于
《年轻的风》(花城出版社,1990年)。

许诺

不要太相信许诺
许诺是时间结出的松果
松果尽管美妙
谁能保证不会被季节打落

机会,凭自己争取
命运,靠自己把握
生命是自己的画板
为什么要依赖别人着色

生命是自己的画板

《许诺》创作于 1988 年 2 月 17 日,初次发表于 1988 年第 6 期《时代》,收录于《年轻的风》(花城出版社,1990 年)。

母亲的爱

我们也爱母亲
却和母亲爱我们不一样
我们的爱是溪流
母亲的爱是海洋

芨芨草上的露珠
又圆又亮
那是太阳给予的光芒
四月的日子
半是烂漫　半是辉煌
那是春风走过的地方

我们的欢乐
是母亲脸上的微笑
我们的痛苦
是母亲眼里深深的忧伤
我们可以走得很远很远
却总也走不出母亲心灵的广场

我们的爱是溪流
母亲的爱是海洋

《母亲的爱》初次发表于1987年第7期《中学生》,收录于《汪国真抒情诗选——年轻的潮》(学苑出版社,1990年),入选《新课程小学语文读本 四年级 上册》(山东教育出版社,2005年)。

小湖秋色

秋色里的小湖
小湖里的秋色
岸在水里小憩
水在岸上漾波

风来也婆娑
风去也婆娑
湖边稀垂柳
湖中鱼儿多

小湖什么都说了
小湖什么都没说

小湖什么都说了
小湖什么都没说

《小湖秋色》初次发表于1987年第6期《作品与争鸣》,收录于《汪国真抒情诗选——年轻的潮》(学苑出版社,1990年),入选《新课程小学语文读本 四年级 上册》(山东教育出版社,2005年)。

馈赠

即使我们有
也不要随便地给予
轻易能够得到的东西
别人往往不珍惜

过于慷慨
有时,倒不如
过于吝惜

一支红蔷薇
要比一簇红蔷薇
更富有魅力

过于慷慨
有时,倒不如
过于吝惜

《馈赠》初次发表于1987年第2期《中国作家》,收录于《年轻的思绪——汪国真抒情诗抄》(文化艺术出版社,1990年)。

热爱生命

我不去想是否能够成功
既然选择了远方
便只顾风雨兼程

我不去想能否赢得爱情
既然钟情于玫瑰
就勇敢地吐露真诚

我不去想身后会不会袭来寒风冷雨
既然目标是地平线
留给世界的只能是背影

我不去想未来是平坦还是泥泞
只要热爱生命
一切,都在意料中

既然选择了远方
便只顾风雨兼程

《热爱生命》创作于1987年9月17日,1987年11月17日获"全国短诗大展赛"一等奖,初次发表于1988年第2期《追求》,收录于《年轻的思绪——汪国真抒情诗抄》(文化艺术出版社,1990年),入选《诗·散文诗(初一卷)》(浙江文艺出版社,1999年),《初中语文自读课 第5册》(北京师范大学出版社,2001年),《义务教育课程标准实验教科书 语文 九年级 下册》(语文出版社,2003年)。

缅怀

生命总要呈现灰色
永远新鲜的是岁月的河
别悲哀　同夕阳一道消逝的
是我的身影
如果你理解大地的沉默
也就理解了我

拥有时光的时候
还不知道怎样珍惜
懂得珍惜的时候
光阴已不太多
年轻的时候　也曾渴望安逸
年老的时候　总是怀念漂泊
生活并不都是快乐
回忆却是一首永恒的歌

生活并不都是快乐
回忆却是一首永恒的歌

《缅怀》创作于 1987 年 8 月 18 日,初次发表于 1988 年第 2 期《追求》,收录于《年轻的风》(花城出版社,1990 年)。

感谢

让我怎样感谢你
当我走向你的时候
我原想收获一缕春风
你却给了我整个春天

让我怎样感谢你
当我走向你的时候
我原想捧起一簇浪花
你却给了我整个海洋

让我怎样感谢你
当我走向你的时候
我原想撷取一枚红叶
你却给了我整个枫林

让我怎样感谢你
当我走向你的时候
我原想亲吻一朵雪花
你却给了我银色的世界

我原想收获一缕春风
你却给了我整个春天

《感谢》创作于1986年11月24日,初次发表于1988年2月27日《北京日报》,收录于《年轻的思绪——汪国真抒情诗抄》(文化艺术出版社,1990年),入选《小学语文课本单元平行阅读 六年级 上》(长春出版社,2013年)。

高山之巅

他站在险峻已极的高山上
向远方眺望
任白云在身边飘动
任飞瀑在脚下轰响
在他惊喜的双眸里
有轻盈的旭日
有苏醒的原野
有起伏的海洋

他陶醉了
陶醉于大自然
鬼斧神工的杰作
却浑然不觉
当他屹立于高山之巅
便把自己也升华为
一帧风光
一座雕像

当他屹立于高山之巅
便把自己也升华为
一帧风光
一座雕像

《高山之巅》创作于1985年10月19日,初次发表于1987年1月25日《人民日报》,收录于《年轻的风》(花城出版社,1990年),入选《新课程小学语文读本 四年级 上册》(山东教育出版社,2005年)。

举杯

我们为相遇
举起晶莹的酒杯
却不知过去的生活
其实就是这次邂逅的准备
夜,张开黑色的帷幕
月,洒下温柔的清辉
雾袅袅
风微微
涌进心头的是潮水
溢出眼眶的是眼泪

昨天,我们各自
形影相吊
在小路上彷徨
今天,我们手携手
在星光下与清风共醉

人生啊
有多少痛苦
就会有多少欢乐
给你多少磨砺
就会给你多少珠贝

人生啊
有多少痛苦
就会有多少欢乐
给你多少磨砺
就会给你多少珠贝

《举杯》创作于1985年夏,初次发表于1987年11月1日《中国青年报》,收录于《年轻的风》(花城出版社,1990年)。

我微笑着走向生活

我微笑着走向生活
无论生活以什么方式回敬我

报我以平坦吗
我是一条欢乐奔流的小河

报我以崎岖吗
我是一座大山庄严地思索

报我以幸福吗
我是一只凌空飞翔的燕子

报我以不幸吗
我是一根劲竹经得起千击万磨

生活里不能没有笑声
没有笑声的世界该是多么寂寞

什么也改变不了我对生活的热爱
我微笑着走向火热的生活

我微笑着走向生活
无论生活以什么方式回敬我

《我微笑着走向生活》创作于1984年4月28日,初次发表于1984年第10期《年轻人》,收录于《年轻的风》(花城出版社,1990年),入选《九年义务教育四年制初级中学语文 自读课本 第七册:灯下拾豆》(人民教育出版社,1995年),《新课程初中语文读本 七年级 上册》(山东教育出版社,2005年),《义务教育课程标准实验教科书 语文 五年级 上册》(河北教育出版社,2008年)。

20岁的汪国真(后排右二)在北京第三光学仪器厂

25 岁的汪国真在暨南大学

热爱生活

分手以后

我想忘记你
一个人
向远方走去
或许,路上会邀上个伴
与我同行
或许,永远是落叶时节
最后那场冷雨

相识
总是那么美丽
分别
总是优雅不起
你的身影
是一只赶不走的黄雀
最想忘却的
是最深的记忆

最想忘却的
是最深的记忆

《分手以后》收录于《汪国真抒情诗选——年轻的潮》(学苑出版社,1990年)。

妙龄时光

不要轻易去爱
更不要轻易去恨
让自己活得轻松些
让青春多留下些潇洒的印痕

你是快乐的
因为你很单纯
你是迷人的
因为你有一颗宽容的心

让友情成为草原上的牧歌
让敌意有如过眼烟云
伸出彼此的手
握紧令人歆羡的韶华与纯真

不要轻易去爱
更不要轻易去恨

《妙龄时光》收录于《年轻的思绪——汪国真抒情诗抄》(文化艺术出版社,1990年),入选《诗·散文诗(初一卷)》(浙江文艺出版社,1999年)。

不要急于相见

不要急于相见
为天空再留一朵洁白的梦幻
洁白的梦幻
雨打芭蕉　泪湿栏杆

不要急于相见
等庭院盛开温馨的玉兰
温馨的玉兰
举杯把盏　花好月圆

不要急于相见
既然已分别了很久很久
平安便是夙愿
离愁终有尽　相思诉不完

既然已分别了很久很久
平安便是夙愿

《不要急于相见》初次发表于1990年第12期
《女友》,收录于《春季风——汪国真抒情
诗文自选集》(北京十月文艺出版社,1991年)。

思念

我叮咛你的
你说　不会遗忘
你告诉我的
我也　全都珍藏
对于我们来说
记忆是飘不落的日子
——永远不会发黄
相聚的时候　总是很短
期待的时间　总是很长
岁月的溪水边
捡拾起多少闪亮的诗行
如果你要想念我
就望一望天上那
闪烁的繁星
有我寻觅你的
　　　　目——光

相聚的时候　总是很短
期待的时间　总是很长

《思念》创作于1987年9月28日,初次发表于1990年第3期《爱情四季》,收录于《年轻的风》(花城出版社,1990年)。

剪不断的情愫

原想这一次远游
就能忘记你秀美的双眸
就能剪断
丝丝缕缕的情愫
和秋风也吹不落的忧愁

谁曾想　到头来
山河依旧
爱也依旧
你的身影
刚在身后　又到前头

你的身影
刚在身后　又到前头

《剪不断的情愫》初次发表于1990年第2期《诗刊》，收录于《汪国真抒情诗选——年轻的潮》（学苑出版社，1990年），入选《普通话教程》（山东文艺出版社，2002年）。

给我一个微笑就够了

不要给我太多情意
让我拿什么还你
感情的债是最重的啊
我无法报答　又怎能忘记

给我一个微笑就够了
如薄酒一杯，像柔风一缕
这就是一篇最动人的宣言啊
仿佛春天　温馨又飘逸

给我一个微笑就够了
如薄酒一杯,像柔风一缕

《给我一个微笑就够了》初次发表于1990年第1期《中国青年》,收录于《汪国真抒情诗选——年轻的潮》(学苑出版社,1990年)。

默默的情怀

总有些这样的时候
正是为了爱
才悄悄躲开
躲开的是身影
躲不开的　却是那份
默默的情怀

月光下踯躅
睡梦里徘徊
感情上的事情
常常　说不明白

不是不想爱
不是不去爱
怕只怕
爱也是一种伤害

躲开的是身影
躲不开的 却是那份
默默的情怀

《默默的情怀》初次发表于1990年第1期《中国青年》,收录于《汪国真抒情诗选——年轻的潮》(学苑出版社,1990年)。

又是雨夜

因为钟情也因为留恋
一句温馨的话
便让心　浮想联翩

春花入梦　秋月入梦
积攒了四个季节的梦
拎都拎不起来了
沉甸甸

雨夜　又是雨夜
却仍然不见去年
那把淡蓝色的小伞

积攒了四个季节的梦
拎都拎不起来了

《又是雨夜》初次发表于1989年第11—12期《诗人》,收录于《汪国真抒情诗选——年轻的潮》(学苑出版社,1990年)。

能够认识你,真好

不知多少次
暗中祷告
只为了心中的梦
不再缥缈

有一天
我们真的相遇了
万千欣喜
竟什么也说不出
只用微笑说了一句
能够认识你,真好

能够认识你,真好

《能够认识你,真好》初次发表于1989年第5期《绿风》,收录于《汪国真抒情诗选——年轻的潮》(学苑出版社,1990年)。

怀想

我不知道
是否　还在爱你
如果爱着
为什么　会有那样一次分离

我不知道
是否　早已不再爱你
如果不爱
为什么　记忆没有随着时光流去

回想你的笑靥
我的心　起伏难平
可恨一切
都已成为过去
只有婆娑的夜晚
一如从前　那样美丽

如果不爱
为什么　记忆没有随着时光流去

《怀想》初次发表于1989年第3期《炎黄子孙》，收录于《汪国真抒情诗选——年轻的潮》（学苑出版社，1990年）。

只要彼此爱过一次

如果不曾相逢
也许 心绪永远不会沉重
如果真的失之交臂
恐怕一生也不得轻松

一个眼神
便足以让心海 掠过飓风
在贫瘠的土地上
更深地懂得风景

一次远行
便足以憔悴了一颗 羸弱的心
每望一眼秋水微澜
便恨不得 泪光盈盈

死怎能不 从容不迫
爱又怎能 无动于衷
只要彼此爱过一次
就是无憾的人生

只要彼此爱过一次
就是无憾的人生

《只要彼此爱过一次》初次发表于1989年第1期《辽宁青年》,收录于《汪国真抒情诗选——年轻的潮》(学苑出版社,1990年)。

淡淡的云彩悠悠地游

爱,不要成为囚
不要为了你的惬意
便取缔了别人的自由
得不到　总是最好的
太多了　又怎得消受
少是愁多也是忧
秋天的江水汩汩地流

淡淡的雾
淡淡的雨
淡淡的云彩悠悠地游

爱，不要成为囚

《淡淡的云彩悠悠地游》创作于1988年6月1日，初次发表于1988年第10期《诗神》，收录于《年轻的风》（花城出版社，1990年）。

选择

你的路
已经走了很长很长
走了很长
可还是看不到风光
看不到风光
你的心很苦　很彷徨

没有风帆的船
不比死了强
没有罗盘的风帆
只能四处去流浪
如果你是鱼　不要迷恋天空
如果你是鸟　不要痴情海洋

如果你是鱼 不要迷恋天空
如果你是鸟 不要痴情海洋

《选择》创作于1988年5月14日,初次发表于1988年第5期《追求》,收录于《年轻的风》(花城出版社,1990年)。

失恋使我们深刻

恋爱使我们欢乐
失恋使我们深刻
松树流下的眼泪
凝结成美丽的琥珀

笑是对的
哭也不是错
只是别那么悲伤
泪水毕竟流不成一条河

走过来
向世界说
眼睛能够储存泪水
更能够熠熠闪烁

恋爱使我们欢乐
失恋使我们深刻

《失恋使我们深刻》创作于1988年1月11日,
初次发表于1988年第5期《追求》,收录于《年
轻的风》(花城出版社,1990年)。

叠纸船的女孩

他长大了
认识了一个
喜欢叠纸船的女孩
那个女孩喜欢海
喜欢海岸金黄的沙滩
喜欢在黄昏里的沙滩漫步

有一天
那个女孩漫步
走进了他家的门口

晚上,妈妈问他
是不是有个女孩子来过了
他回答说
没有,没有啊
妈妈一笑
问那个纸船是谁叠的

喜欢海

喜欢海岸金黄的沙滩

喜欢在黄昏里的沙滩漫步

《叠纸船的女孩》创作于1987年1月13日,初次发表于1988年第7期《花地》,收录于《年轻的风》(花城出版社,1990年)。

她

宁肯像种子一样等待
也不愿像疲惫的陀螺
旋转得那样勉强
尽管冬天的路
可能还要延续很长很长
她却相信
这丰腴的土壤

爱是纯真的
不爱也是纯真的
失去纯真
换取一袭轻柔的白纱
白纱也会变得冰凉

爱是纯真的
不爱也是纯真的

《她》初次发表于1988年2月21日《文汇报》，收录于《年轻的思绪——汪国真抒情诗抄》(文化艺术出版社，1990年)。

让星星把我们照亮

让我说什么
让我怎么说
当我爱上了别人
你却宣布爱上了我

该对你热情
还是该对你冷漠
我都不能
对于你,我只能是一颗
无言的星
在深邃的天庭
静静地闪烁

闪烁,却不是为了诱惑
只为了让那皎洁的光
照亮你
也照亮我
照亮一道纯净的小溪
照亮一条清澈的小河

对于你，我只能是一颗
无言的星

《让星星把我们照亮》创作于1986年春，初次发表于1986年第10期《诗刊》，收录于《年轻的风》（花城出版社，1990年）。

25岁的汪国真(左二)与暨南大学同学在明湖

汪国真在相片背面题字

妙龄时光

嫁给幸福

有一个未来的目标
总能让我们欢欣鼓舞
就像飞向火光的灰蛾
甘愿做烈焰的俘虏

摆动着的是你不停的脚步
飞旋着的是你美丽的流苏
在一往情深的日子里
谁能说得清
什么是甜　什么是苦
只知道　确定了就义无反顾

要输就输给追求
要嫁就嫁给幸福

要输就输给追求
要嫁就嫁给幸福

《嫁给幸福》初次发表于2003年第5期《中国校园文学》,收录于《国真私语》(北岳文艺出版社,2004年)。

道路漫长
我们走向并珍爱每一处风光
我们不停地走着
不停地走着的我们也成了一处风光

走向远方
从少年到青年
从青年到老年
我们从星星走成了夕阳……

走向远方

是男儿总要走向远方
走向远方是为了让生命更辉煌
走在崎岖不平的路上
年轻的眼眸里装着梦更装着思想
不论是孤独地走着还是结伴同行
让每一个脚印都坚实而有重量

我们学着承受痛苦
学着把眼泪像珍珠一样收藏
把泪水都贮存在成功的那一天流
那一天
哪怕流他个大海汪洋

我们学着对待误解
学着把生活的苦酒当成饮料一样慢慢品尝
不论生命历经多少委屈和艰辛
我们总是以一个朝气蓬勃的面孔
醒来在每一个早上

我们学着对待流言
学着从容而冷静地面对世事沧桑
 "猝然临之而不惊
无故加之而不怒"
这便是我们的大勇
我们的修养

我们学着只争朝夕
人生苦短

走向远方是为了让生命更辉煌

《走向远方》初次发表于1992年6月26日《大众日报》,收录于《汪国真诗文集》(内蒙古人民出版社,1996年)。

挡不住的青春

曾经有过那么多惆怅

想起往事　令人断肠

我不知道

我的追求在何方　道路在何方

问风问雨问大地

却没有一点回响

岁月无声地流淌

可是谁甘心总是这样惆怅

可是谁愿意总是这样迷惘

我要飞翔　哪怕没有坚硬的翅膀

我要歌唱　哪怕没有人为我鼓掌

我用生命和热血铺路

没有一个季节　能把青春阻挡

没有一个季节　能把青春阻挡

《挡不住的青春》初次发表于1991年第5期《词刊》,收录于《我心灵的诗韵——汪国真自选最新诗文集》(中国广播电视出版社,1991年),被选为电视剧《万岁,高三2班》(徐沛东作曲)的主题歌歌词。

独白

不是我性格开朗
其实,我也有许多忧伤
也有许多失眠的日子
吞噬着我
生命从来不是只有辉煌

只是我喜欢笑
喜欢空气新鲜又明亮
我愿意像茶
把苦涩留在心里
散发出来的都是清香

把苦涩留在心里
散发出来的都是清香

《独白》收录于《汪国真抒情诗选——年轻的潮》(学苑出版社,1990年)。

请你原谅

阳光纵然慈祥
也没有力量
让每一棵果树
都挂满希望
我们怎能责怪太阳

我纵有爱心
也没有可能
圆你每一个
绮丽的梦想
因此,请你原谅

阳光纵然慈祥

也没有力量

让每一棵果树

都挂满希望

《请你原谅》收录于《年轻的思绪——汪国真
抒情诗抄》(文化艺术出版社,1990年)。

不仅因为

日子可以是普普通通的
却不甘心
生命也普普通通

如若为土
为什么
不能是山冈

如若为水
为什么
不能是波浪

如若为植物
为什么
不能是白杨

如若为风景
为什么
不能黯淡了所有风光

总是向往大海
不仅因为
那是一个迷人的梦境

总是追寻流云
不仅因为
那是一件美丽的衣裳

日子可以是普普通通的
却不甘心
生命也普普通通

《不仅因为》收录于《年轻的思绪——汪国真抒情诗抄》(文化艺术出版社,1990年),入选《中学生诵读文选(下):名家精美诗文》(华夏出版社,2001年)。

美好的愿望

我要用一生去实现
心中美好的愿望
即便那是一条
没有尽头的路
走向远方　又有远方

有时，感觉自己
真像一只孤独的大雁
扇动着疲惫的翅膀
望天也迷茫　望水也迷茫

只是从来不想改变初衷
只是从来不想埋葬向往
我不在乎　地老天荒
只要能够　如愿以偿

从来不想改变初衷
从来不想埋葬向往

《美好的愿望》初次发表于1990年2月4日《工人日报》,收录于《汪国真抒情诗选——年轻的潮》(学苑出版社,1990年),入选《中学生诵读文选(下):名家精美诗文》(华夏出版社,2001年)。

惟有追求

生活是一望无际的大海
我是大海上的一叶小舟
大海没有平静的时候
我也总是
有欢乐　也有忧愁

即使忧愁
如一碗苦涩的黄连
即使欢乐
如一杯香醇的美酒
把它们倾注在大海里
都太淡了　太淡了
一如过眼烟云
不能常驻我心头

惟有追求
永远和我相伴
在风平浪静的时候
也在浪尖风口

惟有追求
永远和我相伴
在风平浪静的时候
也在浪尖风口

《惟有追求》收录于《年轻的思绪——汪国真抒情诗抄》（文化艺术出版社，1990年），入选《中学生诵读文选（下）：名家精美诗文》（华夏出版社，2001年）。

给友人

不站起来
才不会倒下
更何况
我们要去浪迹天涯
跌倒是一次纪念
纪念是一朵温馨的花
寻找　管什么日月星辰
跋涉　分什么春秋冬夏
我们就这样携着手
走啊　走啊

你说，看到大海的时候
你会舒心地笑
是啊　是啊
我们的笑　能挽住云霞

可是，我不知道
当我们想笑的时候
会不会
却是　潸然泪下

寻找　管什么日月星辰
跋涉　分什么春秋冬夏

《给友人》初次发表于1989年第6期《追求》，收录于《汪国真抒情诗选——年轻的潮》（学苑出版社，1990年）。

但是,我更乐意

为什么要别人承认我
只要路没有错
名利从来是鲜花
也是枷锁

无论什么成为结局
总难免兴味索然
流动的过程中
有一种永恒的快乐

尽管,有时我也祈求
有一个让生命辉煌的时刻
但是,我更乐意
让心灵宁静而淡泊

名利从来是鲜花
也是枷锁

《但是,我更乐意》初次发表于1989年第6期《追求》,收录于《年轻的思绪——汪国真抒情诗抄》(文化艺术出版社,1990年)。

祝你好运

还没有走完春天
却已感觉春色易老
时光湍湍流淌
岂甘命运　有如蒿草

缤纷的色彩　使大脑晕眩
淡泊的生活　或许是剂良药
人，不该甘于清贫
可又怎能没有一点清高
枯萎的品格
会把一切葬送掉

祝你好运
愿你的心情　和运气一样好

枯萎的品格
会把一切葬送掉

《祝你好运》创作于 1988 年 10 月 8 日,初次发表于 1988 年 11 月 6 日《北京晚报》,收录于《年轻的风》(花城出版社,1990 年)。

我知道

欢乐是人生的驿站
痛苦是生命的航程
我知道
当你心绪沉重的时候
最好的礼物
是送你一片宁静的天空

你会迷惘
也会清醒
当夜幕低落的时候
你会感受到
有一双温暖的眼睛

我知道
当你拭干面颊上的泪水
你会粲然一笑
那时，我会轻轻对你说
走吧　你看
槐花正香　月色正明

欢乐是人生的驿站
痛苦是生命的航程

《我知道》初次发表于1988年10月25日《安徽工人报》,收录于《年轻的思绪——汪国真抒情诗抄》(文化艺术出版社,1990年)。

也许

也许,永远没有那一天
前程如朝霞般绚烂
也许,永远没有那一天
成功如灯火般辉煌
也许,只能是这样
攀援却达不到峰顶
也许,只能是这样
奔流却掀不起波浪

也许,我所能给予你的
只有一颗
饱经沧桑的心
和满脸风霜

也许,永远没有那一天
前程如朝霞般绚烂

《也许》初次发表于1988年第6期《当代诗歌》,
收录于《年轻的风》(花城出版社,1990年)。

倘若才华得不到承认

倘若才华得不到承认
与其诅咒　不如坚忍
在坚忍中积蓄力量
默默耕耘

诅咒　无济于事
只能让原来的光芒黯淡
在变得黯淡的光芒中
沦丧的更有　大树的精神

飘来的是云
飘去的也是云
既然今天
没人识得星星一颗
那么明日
何妨做　皓月一轮

倘若才华得不到承认
与其诅咒　不如坚忍

《倘若才华得不到承认》初次发表于1988年第5期《追求》，收录于《汪国真抒情诗选——年轻的潮》（学苑出版社，1990年），入选《一生必读的名家诗歌》（内蒙古文化出版社，2005年）。

假如你不够快乐

假如你不够快乐
也不要把眉头深锁
人生,本来短暂
为什么 还要栽培苦涩

打开尘封的门窗
让阳光雨露洒遍每个角落
走向生命的原野
让风儿熨平前额

博大可以稀释忧愁
深色能够覆盖浅色

博大可以稀释忧愁
深色能够覆盖浅色

《假如你不够快乐》初次发表于1988年第5期《追求》,收录于《汪国真抒情诗选——年轻的潮》(学苑出版社,1990年),入选《中学生诵读文选(下):名家精美诗文》(华夏出版社,2001年)。

如果生活不够慷慨

如果生活不够慷慨
我们也不必回报吝啬
何必要细细地盘算
付出和得到的必须一般多

如果能够大方
何必显得猥琐
如果能够潇洒
何必选择寂寞

获得是一种满足
给予是一种快乐

获得是一种满足
给予是一种快乐

《如果生活不够慷慨》创作于1988年5月14日，初次发表于1988年第5期《追求》，收录于《年轻的思绪——汪国真抒情诗抄》（文化艺术出版社，1990年），入选《诗·散文诗（初一卷）》（浙江文艺出版社，1999年）。

旅程

意志倒下的时候
生命也就不再屹立
歪歪斜斜的身影
又怎耐得
秋叶萧瑟　晚来风急

垂下头颅
只是为了让思想扬起
你若有一个不屈的灵魂
脚下，就会有一片坚实的土地

无论走向何方
都会有无数双眼睛跟随着你
从别人那里
我们认识了自己

垂下头颅
只是为了让思想扬起

《旅程》创作于1988年5月11日,初次发表于1988年第5期《追求》,收录于《年轻的思绪——汪国真抒情诗抄》(文化艺术出版社,1990年),入选《义务教育课程标准实验教科书 语文 七年级(上册)》(人民教育出版社,2001年)。

我不期望回报

给予你了
我便不期望回报
如果付出
就是为了　有一天索取
那么，我将变得多么渺小

如果，你是湖水
我乐意是堤岸环绕
如果，你是山岭
我乐意是装点你姿容的青草

人，不一定能使自己伟大
但一定可以
使自己崇高

人，不一定能使自己伟大
但一定可以
使自己崇高

《我不期望回报》创作于1988年5月4日，初次发表于1988年第5期《追求》，收录于《年轻的风》（花城出版社，1990年），入选《义务教育课程标准实验教科书 语文 六年级（上册）》（江苏教育出版社、凤凰出版传媒集团，2009年）。

我把小船划向月亮

请不要责怪我
有时　会离群索居
要知道
孤独也需要勇气

别以为　有一面旗帜
在前方哗啦啦地招展
后面就一定会有我的步履
我不崇拜
我不理解的东西

我把小船划向月亮
就这样划啊
把追求和独立连在一起
把生命和自由连在一起

把追求和独立连在一起
把生命和自由连在一起

《我把小船划向月亮》创作于1988年4月30日,初次发表于1988年7月31日《北京晚报》,收录于《年轻的风》(花城出版社,1990年)。

路灯

街边,站立着一盏盏路灯
路灯的手
碰弯了一个个思绪
路灯的眼
拉直了一道道身影

在橘黄色的灯晕里
雪花,愈发闪亮
细雨,愈发迷蒙

一个个孩子
在高高的灯柱下长大
一个个故事
在淡淡的灯影里出生

朋友,请听我说
有灯的地方
一定会有路
有路的地方
不一定会有灯

有路的地方
不一定会有灯

《路灯》创作于1986年12月25日,初次发表于1987年第6期《当代诗歌》,收录于《年轻的风》(花城出版社,1990年)。

海滨夜话

海风
推开了窗户
月光
悄悄踱进房屋
走近窗口
眺望的你啊
为什么
掬起晶莹的泪珠

是世界太小
盛不下你的辛酸
是世界太大
寻不着你的道路
潮汐不知疲倦地拍打堤岸
远方,历经沧桑的小岛
会对你说
逆境,不是痛苦
顺境,不是幸福

走向银色的沙滩
让思绪在夜色里漫舞
把心事全部抛给大海吧
要倾诉
你就热烈地倾诉

逆境,不是痛苦
顺境,不是幸福

《海滨夜话》创作于1986年12月10日,初次发表于1987年第12期《花地》,收录于《年轻的风》(花城出版社,1990年)。

山高路远

呼喊是爆发的沉默

沉默是无声的召唤

不论激越

还是宁静

我祈求

只要不是平淡

如果远方呼喊我

我就走向远方

如果大山召唤我

我就走向大山

双脚磨破

干脆再让夕阳涂抹小路

双手划烂

索性就让荆棘变成杜鹃

没有比脚更长的路

没有比人更高的山

没有比脚更长的路
没有比人更高的山

《山高路远》创作于1985年6月26日,初次发表于1987年第2期《中国作家》,收录于《年轻的风》(花城出版社,1990年),入选《大语文:初中阅读总复习》(中国大百科全书出版社,2002年)、《半小时阅读:八年级》(浙江少年儿童出版社,2005年)。

1972年全家福

1965年全家福

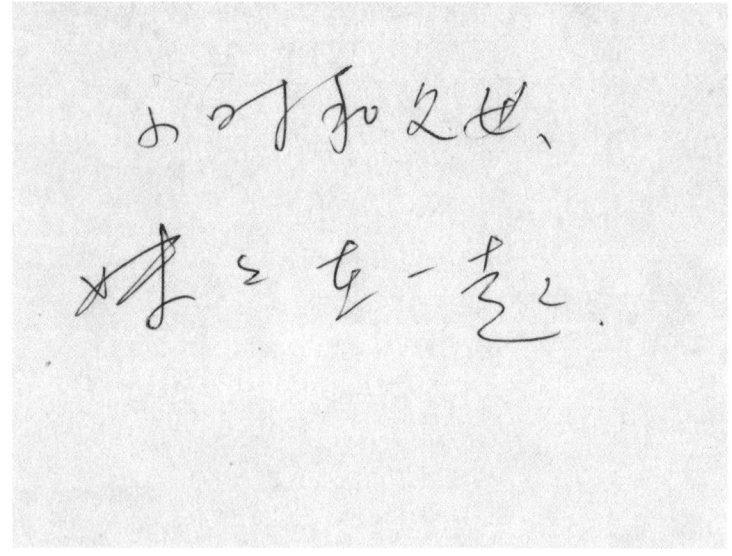

汪国真在相片背面题字

4岁的汪国真在劳动部幼儿园

4个月的汪国真

山高路远

115 _ 那凋零的是花

117 _ 美好的情感

119 _ 送　别

121 _ 即便成功使我们声名远扬

123 _ 跨越自己

125 _ 人不长大多好

127 _ 旅　行

129 _ 真　想

131 _ 海　岸

133 _ 含笑的波浪

135 _ 黄昏偶拾

137 _ 给父亲

139 _ 背　影

141 _ 祝　愿——写给友人的生日

143 _ 过　去

145 _ 故乡的雨

149 _ 秋

151 _ 落日山河

后 记　155 _ 我寻觅你的目光
　　　　　　——怀念胞兄汪国真 | 汪玉华

妙龄时光

- 057 _ 让星星把我们照亮
- 059 _ 她
- 061 _ 叠纸船的女孩
- 063 _ 失恋使我们深刻
- 065 _ 选 择
- 067 _ 淡淡的云彩悠悠地游
- 069 _ 只要彼此爱过一次
- 071 _ 怀 想
- 073 _ 能够认识你,真好
- 075 _ 又是雨夜
- 077 _ 默默的情怀
- 079 _ 给我一个微笑就够了
- 081 _ 剪不断的情愫
- 083 _ 思 念
- 085 _ 不要急于相见
- 087 _ 妙龄时光
- 089 _ 分手以后

热爱生活

- 095 _ 我微笑着走向生活
- 097 _ 举 杯
- 099 _ 高山之巅
- 101 _ 感 谢
- 103 _ 缅 怀
- 105 _ 热爱生命
- 107 _ 馈 赠
- 109 _ 小湖秋色
- 111 _ 母亲的爱
- 113 _ 许 诺

目录

序

"远方"的汪国真 | 康 震

风雨兼程汪国真 | 张志华

山高路远

007_ 山高路远

009_ 海滨夜话

011_ 路 灯

013_ 我把小船划向月亮

015_ 我不期望回报

017_ 旅 程

019_ 如果生活不够慷慨

021_ 假如你不够快乐

023_ 倘若才华得不到承认

025_ 也 许

027_ 我知道

029_ 祝你好运

031_ 但是,我更乐意

033_ 给友人

035_ 惟有追求

037_ 美好的愿望

039_ 不仅因为

041_ 请你原谅

043_ 独 白

045_ 挡不住的青春

047_ 走向远方

051_ 嫁给幸福

雷一般振奋人心，它仿佛在呐喊："让暴风雨来得更猛烈些吧！"它仿佛在轻语："谁怕？一蓑烟雨任平生。"汪国真先生在平易浅显的字里行间碾压了岁月沧桑，凝聚了凌云壮志。

汪国真的诗不只为我们吹响了前进的号角，也给我们安排了休憩的港湾。"心绪沉重"时，你可以在他的诗中获得"一片宁静的天空"，感受到"一双温暖的眼睛"，让你的心灵在他的诗中得以滋养。

在 2020 年 4 月 26 日汪国真离世五周年之际，我们用精美的《汪国真诗歌自选集》致敬风雨兼程的汪国真先生，我们心中永远的"诗坛王子"。

山东出版集团董事长 张志华

生"的文学观,因而有意或无意地希望在文学中寻找生活的答案?或许是因为在知识改变命运的年代,人们对文学的这种期待尤甚?或许是因为在他的诗中总给人一个光明的、灿烂的远方?或许是因为汪国真替大家说出了自己很想说又不会说的话?……在二十一世纪的今天,我惊喜地发现,汪国真的诗句依然不时地出现在孩子们的板报中、年轻人的微博中,这种无龄感说明汪国真的诗歌能直击人心,引起共鸣。借用大诗人艾青的话,汪国真的诗"表达的是绝大多数人的心声"。

汪国真的诗不仅立意高远,底蕴深厚,也跳动着火热时代的贲张脉搏。《热爱生命》犹如春

次引起我的注意:"不论生命历经多少委屈和艰辛,我们总是以一个朝气蓬勃的面孔,醒来在每一个早上。"在奔赴理想的道路上,除了有梦有思想,还有"痛苦"和"眼泪",更多的是荆棘密布。"为了让生命更辉煌",我们只有一条必经之路——"让每一个脚印都坚实而有重量"。

二十世纪九十年代,汪国真一度成为一个现象级的存在。那时,不知有多少个课桌或者背包里藏着汪国真的诗集;不知有多少日记本、毕业留言薄上摘录了他的诗句;更不知有多少人"挑灯夜战",手抄着一本本汪国真的诗集……我一直在思考其中的原因:在那个以朦胧为美的年代,汪国真的诗既缺乏意识流,又没有黑色幽默,也达不到象征主义的高度,为什么他的诗集能一版再版、发行量突破千万册?为什么各个文化阶层、年龄阶层的读者都喜爱汪国真先生的诗?或许是因为一百多年来,中国读者接受了"为人

风雨兼程汪国真

去年有一句歌词爆红网络:"生活不止眼前的苟且,还有诗和远方的田野。"年轻人觉得这句话很新潮,我却觉得似曾相识。生于孔孟之乡的我,从小读着"意诚而后心正,心正而后身修,身修而后家齐,家齐而后国治,国治而后天下平"长大,慢慢地知道了好男儿的标准——志在四方。四方何其大!

"路漫漫其修远兮,吾将上下而求索。"

从学校走向社会,我内心的召唤越来越清晰、越来越坚定——穷则独善其身,达则兼济天下。也就是这一年,我在《年轻人》杂志上读到了"什么也改变不了我对生活的热爱,我微笑着走向火热的生活"的诗句,仿佛醍醐灌顶,汪国真这个名字一下子闯入了我的脑海。后来,他的另一首诗《走向远方》又一

不能是波浪。""你的身影，刚在身后，又到前头。"……这大约就是元稹的"曾经沧海难为水"吧？这大约就是李清照的"此情无计可消除，才下眉头，却上心头"吧？汪国真的诗，之所以总能抚慰人们的心灵，总能带给我们某些温馨的慰藉，就是因为其中蕴含着浓郁宁静的古典意味。

每位诗人都有自己的专属个性意象。提到艾青我们会想到"大地"，提到海子我们会想到"大海"，提到顾城我们会想到"黑夜"，提到舒婷我们会想到"橡树"。提到汪国真，我们则很自然地想到"远方"。汪国真的诗里有"远方"，他的诗也指向远方。当年，我们读着汪国真的诗，走向一个个属于自己的远方。如今，诗人已逝，我们亦将继续前行，追逐远方的梦想。

请允许我，以这篇小小的序文，向汪国真老师致敬。

北京师范大学文学院教授　康震

我知道自己是在心里，向汪国真老师献上深深的敬意！

有人说，汪国真的诗不够深刻，有点儿简单。我想说，我们需要的正是这样真诚的诗，有时候，正是因为真诚，才会如此直接，正是因为纯粹，才会如此简单。而且，当我们一路读下去，才发现，真诚的简单其实也很深沉、很深刻："我原想亲吻一朵雪花，你却给了我银色的世界。"（《感谢》）"人，不一定能使自己伟大，但一定可以使自己崇高。"（《我不期望回报》）"名利从来是鲜花，也是枷锁。"（《但是，我更乐意》）

汪国真曾说，在古代诗人中，对他影响最大的是李商隐、李清照。我们喜欢汪国真的诗，有一部分的原因，是因为我们总能从他的诗里，读出似曾相识的古典之美："如若为水，为什么，

"远方"的汪国真

90年代,还是上大学的时候,我就读过汪国真的诗:"既然选择了远方,便只顾风雨兼程。"(《热爱生命》)那时,汪国真这个名字,对很多大学生来说,很神圣,也很遥远。多年后,在一次节目中,我结识了汪老师。汪国真这个名字,依然神圣,不再遥远。但是完全不曾料想,仅仅几十天后,居然传来汪老师去世的消息。我非常难过,禁不住想起了他的诗句:"一次远行,便足以憔悴了一颗,羸弱的心。"(《只要彼此爱过一次》)

2019年,在央视《经典咏流传》《开学第一课》节目中,我接连三次听到汪老师的诗《山高路远》,在优美的旋律中,熟悉的诗句再次响起:"没有比脚更长的路,没有比人更高的山。"我将这两句诗书写在大幅宣纸上,现场赠送给登顶珠峰的英雄夏伯渝,以及演唱这首诗的歌手谭维维。那一刻,我觉得我又看见了汪老师;那一刻,

序

没有比脚更长的路

没有比人更高的山

汪国真诗歌自选集

汪国真 著

山东文艺出版社

34岁的汪国真在文化艺术出版社

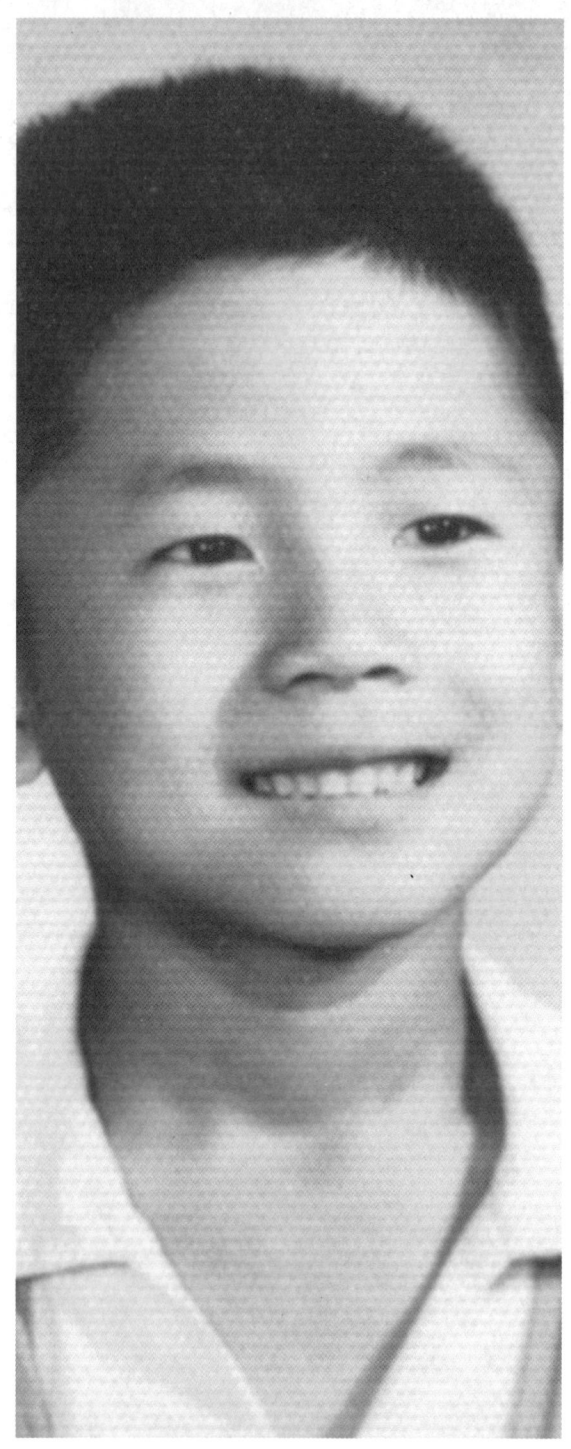

○岁的汪国真在北京市二龙路学校

谨以此书,献给所有和诗人汪国真一样热爱生活、追求纯粹、向往美好的人们!